मन और मौसम दोनों है

AF751759

BOOKS CLINIC

India's Fastest Growing Self Publishing House

Booksclinic Publishing

------------------------------Contact Us At------------------------------

Call or Whatapp @ 8965949968 or Mail @ publish@booksclinic.com

Website: - **www.booksclinic.com**

B.D. Complex, Near Tifra Over Bridge, Bilaspur, Chhattisgarh, India, 495001

This book has been published with all reasonable efforts taken to make the material error-free after the consent of the author.

All rights reserved, no part of this book may be reproduced, stored in a retrieval system, or transmitted, in any form by any means, electronic, mechanical, magnetic, optical, chemical, manual photocopying, recording or otherwise, without the prior written consent of its writer.

Publisher: Booksclinic Publishing
Editon:First
ISBN: 978-93-90655-61-8
Copyright © Krishna Singh Hada 2021
Genre: Poetry

मन और मौसम दोनों है

कृष्ण सिंह हाडा

भूमिका

श्री कृष्ण सिंह हाड़ा एक सकारात्मक सामाजिक सुधार की भावना लेकर इस गीत संग्रह के माध्यम से हमारे समक्ष उपस्थित हुए हैं। यह भी अति हर्ष का विषय है कि उनके चिरप्रतीक्षित गीत संग्रह का प्रकाशन इतना शीघ्र हो जाएगा।

कृष्ण सिंह हाड़ा की अन्तर चेतना में एक जुझारु सघंर्षशील कवि बैग है जो सदैव उन कुरुतियों से संघर्षरत रहना चाहता है जो प्रगतिशील मूल्यों में बाधक बनते हैं। उनके गीत व कविता की प्रत्येक पंक्ति प्रगतिशील मूल्यों की पुनर्स्थापना की दास्तान है उन मूल्यों के साथ, किसी प्रकार का कोई समझोता नहीं करना चाहते। प्रगतिशील मूल्यों के झण्डा बरदार होने के बावजूद भी वे भारतीय जीवन मूल्यों के प्रति पूर्ण समर्पित है। रुढ़िवादी परम्पराएं उन्हें स्वीकार नहीं है वे भारतीय जीवन मूल्यों को प्रगतिशीलता के साथ स्वीकारने में कोई संकोच नहीं करते।

कृष्ण सिंह जी हाड़ा के गीत बहुत ही सामान्य से प्रतीत होते हैं किन उस सामान्यता में भी एक असामान्य भाव स्पष्ट दृष्टि गोचर होता है। वे सामान्य शब्दों के माध्यम से एक असामान्य बात कह जाते है। यही उनके काव्य की सबसे बड़ी विशेषता है। काव्य में कही कोई शाब्दिक लफजी नहीं है साधारण शब्दों को असाधारण ऊँचाई प्रदान कर उनको विशिष्ट अर्थों में प्रयुक्त कर वे अपने को ऊँचाईयाँ प्रदान करते है।

कृष्ण सिंह हाड़ा पिछले 50 वर्षों से काव्य सृजन में सृजनरत हैं। पिछले पचास वर्षों के काव्यात्मक जगत में होने वाले उतार चढ़ावों से वे बखूबी वाकिफ हैं। उन्होंने काव्य आन्दोंलनों की बारीकी को बहुत

गहराई से समझने का प्रयास किया है और उसमें से सार्थक मूल्यों को स्वीकारने में कोई परहेज नहीं किया वहीं अर्थहीन बातों को दृढ़ता पूर्वक नकारने में कोई कोताही नहीं की।

कृष्ण सिंह हाड़ा का सम्पूर्ण काव्य, मानवमूल्यों के संरक्षण का काव्य है। मनुष्य के जीवन में होने वाले संघर्षों से वे बहुत निकट है जुड़े हैं, उन्होंने काव्य का सृजन ही नहीं किया अपितु उसको पूर्णता से जीने का प्रयास भी किया है इसीलिए उनके काव्य पर प्रत्येक शब्द बोलता हुआ सा प्रतीत होता हूँ। वे शब्दों के माध्यम् से प्रत्येक व्यक्ति के अन्तर्मन में छुपी भावना को सशक्त अभिव्यक्ति प्रदान करने में सफल रहे हैं।

कृष्णसिंह हाड़ा को काव्य संस्कार बचपन से ही प्राप्त हुए हैं उनके पूजनीय पिता स्वयं एक कवि तथा इतिहासकार रहे हैं। काव्य के इन्हीं संस्कारों का उनके कविता तथा गीतों पर पर्याप्त प्रभाव पड़ा है तथा उनके काव्य में चिंतनशीलता तथा दार्शनिकता का प्रादुर्भाव हुआ है।

झालावाड़ जैसी छोटी सी जगह पर प्रदर्शनप्रियता तथा ताम झामों से परे रहकर उन्होंने जो कुछ भी अर्जित किया है वह उनके व्यक्तिगत संघर्ष का परिणाम प्रतीत होता है और यही संघर्ष उनके काव्य में प्रखरता से प्रकट हुआ है।

सतत अध्ययन-चिंतन से प्राप्त ज्ञान उनके काव्य में स्पष्ट बोलता हुआ दीखता है। हाड़ा जी ने कभी भी बौझिल प्रतीकों, जटिल उपमानों या शाब्दिक चमत्कारों का सहारा लेकर अपने काव्य को बौद्धिक झंझावातों में फँसाने की चेष्टा नहीं की बल्कि आम आदमी की सरल भाषा का उपयोग कर अपनी पीड़ा को उसकी ही भाषा में उसे समझाने का प्रयास किया है। वे आम आदमी के कवि हैं उनकी कविता में आम

आदमी की पीड़ा बोलती है। वाट्स एप के माध्यम से भी वे निरन्तर जुड़े है। प्रत्येक दिन होने वाली प्रत्येक घटना पर उनकी पैनी नजर रहती है जिसे वे अपने ही ढंग से व्याख्यामित करते है।

मैं उनकी रचनाओं को वर्षों से गहराई से पढ़ रहा हूँ तथा उनकी समीक्षा करता रहा हूँ। बहुत सारी बातें लिखनी शेष है जिन्हें मुधि पठक उनके काव्य को पढ़कर समझ जायेंगे। मुझे उन्होंने अपने काव्य संग्रह की भूमिका लिखने के लिए उपयुक्त समझा उसके लिए मैं उनका सदैव हृदय से आभारी हूँ।

दिनांकः- 06-02-2021

राकेश कुमार नैयर
वरिष्ठ साहित्यकार
हरिनगर कॉलोनी
झालावाड़ (राज.)
मो. न.- 7014186083

" चलते रहो , चलते रहो "

पुष्पिण्यौ चरतो जङ्घे भूष्णुरात्मा फलग्रहिः ।
शेरेऽस्य सर्वे पाप्मानः श्रमेण प्रपथे हतश्चरैवेति ॥
ऐतरेय ब्राह्मण, अध्याय 3, खण्ड 3

चरतः जङ्घे पुष्पिण्यौ, भूष्णुः आत्मा फलग्रहिः, अस्य श्रमेण प्रपथे हतः सर्वे पाप्मानः शेरे, चर एव इति ॥

अर्थ – " निरंतर चलने वाले की जंघाएं पुष्पित होती हैं, अर्थात उस वृक्ष की शाखाओं-उपशाखाओं की भांति होती है जिन पर सुगंधित एवं फलीभूत होने वाले फूल लगते हैं, और जिसका शरीर बढ़ते हुए वृक्ष की भांति फलों से पूरित होता है, अर्थात वह भी फलग्रहण करता है । प्रकृष्ट मार्गों पर श्रम के साथ चलते हुए उसके समस्त पाप नष्ट होकर सो जाते हैं, अर्थात निष्प्रभावी हो जाते हैं । अतः तुम चलते ही रहो ।"

गीत

मत दे प्रतिक्रिया रुक , ये वक्त भी गुजर जायेगा ।।
तूफां मे जरा सा झुक , ये वक्त भी गुजर जायेगा ।।

देखना हम भी होगे,किसी न किसी दिन मालामाल
सदा कौन रहा है फुक , ये वक्त भी गुजर जायेगा ।।

बना लेते है कुछ लोग , खुद को भाई भाई मोसेरा
मिलाते है तुक मे तुक , ये वक्त भी गुजर जायेगा ।।

जब नहीं रहा ये सुख भी , सदा के लिये अपना
नही रहेगा सदा ये दुख , ये वक्त भी गुजर जायेगा ।।

गुल तो छोडो शाख को , छोड गया पत्ता पत्ता
फिर महकेंगे यहाँ गुल , ये वक्त भी गुजर जायेगा ।।

चल सको तो इस राह , कुछ दूर हमारे साथ चलो
न करो जरा भी ना नुक , ये वक्त भी गुजर जायेगा ।।

गीत

झुके तराजू अच्छे लगते ।।
दाख काजू अच्छे लगते ।।

जांत पांत वालो से हमको
सर्व समाजू अच्छे लगते ।।

कालू मोटू जैसे नामो से
रखो राजू अच्छे लगते ।।

सच्चाई के समर्थन मे
उठे बाजू अच्छे लगते ।।

संग फूलो के काँटे भी
आजू बाजू अच्छे लगते ।।

क्यों श्रम करने वालो से
यहाँ नमाजू अच्छे लगते ।।

गीत

खरे यहाँ पर खोटे निकले ।।
बडे बडे भी छोटे निकले ।।

जिनको समझा मालदार था
उनके घर भी टोटे निकले ।।

मूंछे जिनकी बडी बडी थी
सब बेपेन्दे के लोटे निकले ।।

जिन पर धाक जमाई हमने
बचपन के लंगोटे निकले ।।

करते है आवाज जोर की
शंख सरीखे सोटे निकले ।।

मूंठ बडी ही चमकदार थी
अस्त्र हमारे भोटे निकले ।।

गीत

दो को कब तक तीन कहूं ।।
कैसे स्थूल को महीन कहूं ।।

फीका फीका श्वेत श्याम है
पर वे कहते उसे रंगीन कहूं ।।

अब तक किया खून खराबा
कैसे फिर भी उसे दीन कहूं ।।

ना सूरत है ना ही सीरत है
जिद है फिर भी हसीन कहूं ।।

डर उन को लगता पानी से
वे थल पर रहते पर मीन कहूं ।।

जब हर पहलू है साफ साफ
फिर भी उसको संगीन कहूं ।।

गीत

आदर और सम्मान हर बात मे रखना ।।
साथ चाँद सितारों का रात मे रखना ।।

विवाह इक रस्म है कोई युद्ध नहीं है
इतना सा ख्याल हर बारात मे रखना ।।

न फैलाना पडे हाथ किसी शख्स के आगे
दान मे से कुछ बचाकर हाथ मे रखना ।।

इस दिल को कभी पत्थर मत होने देना
कुछ नरमाई अपने ज्जबात मे रखना ।।

खो गयी कुछ दौलत तो फिर कमा लेगें
बडप्पन बचाकर औकात मे रखना ।।

अगर धीमी है रफ्तार तो कोई गम नहीं
पर दिशा ठीक तुम शुरुआत मे रखना ।।

गीत

इंसा जब तक अंधा है ।।
धर्म लाभ का धंधा है ।।

मेहनत की क्या जरूरत
खीर पुडी और चंदा है ।।

यहाँ ज्ञान पर अंकुश है
पिंजरे मे बंद परिन्दा है ।।

अंधा अंधे के पीछे है
कौन यहाँ पर जिन्दा है ।।

बात ज्ञान की करना ही
धर्म , प्रभु की निन्दा है ।।

सब सुविधा के भोगी है
संत शहीद चुनिन्दा है ।।

गीत

दिन लगने लगे अब पहाड के जैसे ।।
लोग भी ऊँचे हो गये ताड के जैसे ।।

अब कुछ भी नहीं रहा साफ सुथरा
रिश्ते उलझ गये है सब झाड के जैसे ।।

जिस को सिखाया था बोलना हमने
शब्द उसके चुभते है दहाड के जैसे ।।

जो पाँव नाप लेते थे कभी जमीं आसमां
वहीं पाँव लगते है अब किवाड के जैसे ।।

रातें न रही पहले जैसी ठण्डी ठण्डी
दिन भी तपते अब तो भाड के जैसे ।।

किस गुनाह की सजा है बतायें कोई
कैदी बन गये अब हम तिहाड के जैसे ।।

गीत

न गीता हूं न कुरान हूं ।।
मुझे पढ मै इंसान हूं ।।

उडो जितना उड सको
दूर तक आसमान हूं ।।

काम है बुराई को रोकना
द्वार पर खडा दरबान हूं ।।

सुख मे दुख मे दोनों मे
गा मुझे मै तो गान हूं ।।

फैल जाता हूं खुशबू बन
बस फूल की मुस्कान हूं ।।

समझदार हूं मै भी कुछ
और कुछ कुछ नादान हूं ।।

गीत

चाँद ने चाँद को निहारा बहुत ।।
मेरे आँगन मे आ पुकारा बहुत ।।

आदमी जब कोई मसीबत मे हो
तिनके का उसको सहारा बहुत ।।

द्वार आऔगे मेरे किसी रोज तो
रास्ता सोचकर यह बुहारा बहुत ।।

पार तुम ने लगाई मेरी नाव को
डूब जाते कभी के तारा बहुत ।।

प्यास बुझती है घट मे भरे पान से
है सागर बडा पर खारा बहुत ।।

बात दिल की हमने कह दी सभी
होता समझदार को इशारा बहुत ।।

गीत

है आरजू लिखूं कभी इक प्यार की गजल ।।
दिखने मे जो लगे सोलह श्रृंगार की गजल ।।

हर लफ्ज मे हो जिक्र बस तेरे रूप का
होठों की लगे तो कभी रूखसार की गजल ।।

फूलों की क्या बिसात हम तारें बिछा दे
हर शख्स कहे उस को इकरार की गजल ।।

तेरे बिना हम को लगे यह जीवन ही अधूरा
इबादत मे पढी हमने इक दरकार की गजल ।।

ख्वाबो मे तुम रहो मेरे ख्यालो मे तुम रहो
कागज पर न उतरें कभी बेकार की गजल ।।

दरमियां अपने बीच सदा प्यार प्यार हो
आये न जुबां पर कभी तकरार की गजल ।।

गीत

चलता नहीं मै दिल कहीं भी उछाल के ।।
रिश्ता जो बन गया है रखता संभाल के ।।

जो बात ठीक है उसे ही कहता हूं ठीक है
मलता नहीं हूं हाथ कभी भी मलाल के ।।

व्यर्थ की ये बेडियां कभी मुझे रोकती नहीं
फेंक देता हूं मै धागे काटकर के जाल के ।।

बनाता हूं अपनी राहे खुद चलता नहीं पीछे
फोडे है कयी भाण्डे झूंठे जादू कमाल के ।।

जो पूछंना हो पूछ लो झिझको नहीं जरा
रखता हूं अपनी जेब मे उत्तर सवाल के ।।

अंधा नहीं हूं जो कहा वैसा ही मान लूं
हर चीज जब लेता हूं पूरा देखभाल के ।।

गीत

सच्चाई के मुंह पर ताला ।।
बेईमानो का बोल बाला ।।

कुछ नींव मे दबे पडे है
कुछ मंदिर के देव आला ।।

जीजा जी का अहम बडा
हर गुस्से मे कहते साला ।।

दूध छठी का याद आ गया
जब पुलिस से पडता पाला ।।

अवसर पर सब रंग बदलते
हो कितना ही देखा भाला ।।

नखरे उस के तौबा तौबा
जितना ज्यादा उसे संभाला ।।

गीत

नैसर्गिक प्रेम का नाम मित्रता है ।।
आना बस मित्र के काम मित्रता है ।।

है मंदिर और मस्जिद से भी ऊँचा
अपने मित्रों का मकाम मित्रता है ।।

मानव से मानव का सच्चा रिश्ता
सदा बना रहे यह पैगाम मित्रता है ।।

समय आयें कैसा भी रहे अडिग
विचारें ना कुछ अंजाम मित्रता है ।।

काशी मथुरा मक्का और मदीना
पर सब से प्यारा धाम मित्रता है ।।

चढ जाये इक बार फिर न उतरें
ऐसा भरा लबालब जाम मित्रता है ।।

गीत

कहकहो की महफिल नही हूं ।।
मंझधार हूं साहिल नहीं हूं ।।

कर्म है रोग से मुक्ति दिलाना
चिकित्सक हूं कातिल नहीं हूं ।।

देखना मैं फिर से चल पडूंगा
थक गया हूं बिस्मिल नहीं हूं ।।

मै मौन हो कर सुन रहा था
होश वालो मैं गाफिल नहीं हूं ।।

सत्य पर मै अकेला ही चला
झूंठी भीड मे शामिल नहीं हूं ।।

राह के इन रास्तो से प्यार है
मै मुसाफिर हूं मंजिल नहीं हूं ।।

गीत

सच्ची पाक इबादत की है ।।
जिसने यहाँ मोहब्बत की है।।

जब भी अपनी मुठ्ठी तानी
समझो फिर बगावत की है ।।

जरूरत पर जो काम आये
उसने बडी इनायत की है ।।

तिनके जितना रहा सहारा
है अहसान हिफाजत की है ।।

कल तक जो जां निसार था
आज उसी ने अदावत की है ।।

उसने अपनी जान दे कर
हासिल खूब शौहरत की है ।।

गीत

सम्बन्धो मे चाहे मै मै तू तू रहे ।।
दरमियां हमारे पर गुफ्तगूं रहे ।।

चाहे न खूबसूरत रंग रुप हो
पर किरदार मे एक खुशबू रहे ।।

जुल्म के खिलाफ बाहर भीतर
आक्रोश की आवाज धूं धूं रहे ।।

कायनात मे तुम चाहे जहाँ रहो
चर्चा तेरे नाम का चार सूं रहे ।।

ढूढो कुछ न कुछ तो फर्क होगा
कितना ही चाहे कोई हूंबहूं रहे ।।

आ ही गयी देखिये बीच मे दरार
होने को वे लाख ही एक खूं रहे ।।

गीत

जब तक चली ये साँस और जिन्दगी रही ।।
था पास मे बहुत कुछ फिर भी कमी रही ।।

सूरज से हम करते रहे शिकवा तमाम उम्र
जीवन मे इक दीपक की सदा रौशनी रही ।।

माना की धूमधाम से रहा अपना न वास्ता
पर गम से न हुये चूर मन मे खुशी रही ।।

कुछ उलझे हुये सवाल कयी बार हमे मिलें
दरवाजा बन्द हुआ तो खिडकी खुली रही ।।

सकडे नहीं है रास्ते मंजिल की डगर पर
कभी राजपथ रहा कभी पतली गली रही ।।

चाहे मिली खुशी हमे चाहे मिला हो गम
कोने मे मगर आँख के हर पल नमी रही ।।

गीत

कम से काम चला ले भाई ।।
किसने सारी खुशियाँ पाई ।।

जीवन होता चार दिनों का
सब से कर ले प्रेम सगाई ।।

हासिल क्या फिर पछताने से
समय समय पर करो बुवाई ।।

मेहनत से सब संभव होता
श्रम ने जहाँ मे गंगा बहाई ।।

जब जब डोली भव सागर मे
नैया हिम्मत ने पार लगाई ।।

मत बैठो बस भाग्य भरोसे
खोदो बो कर करो कटाई ।।

गीत

गलतियाँ बार बार नहीं होती ।।
अब उनसे तकरार नहीं होती ।।

अब बह जाती है पूरी दिवार
अब दिवार मे दरार नहीं होती ।।

बीच मंझधार मे डूब जाती है
अब कश्तियाँ पार नहीं होती ।।

सदियाँ पल मे गुजर जाती है
जिन्दगी जब भार नहीं होती ।।

हौसला रख है अवसर अभी
शुरूआती हार हार नहीं होती ।।

जिनका मन खुला आँगन है
बीच उनके दिवार नहीं होती ।।

गीत

आजकल मोहब्बत भी जरूरत से करते है ।।
हो जरूरत उसे पूरी मोहब्बत से करते है ।।

मोहब्बत है मगर उनका अंदाजे बयां और
अपना इजहार भी शिकायत से करते है ।।

लिखे पर नही लिखते वे नाम कोई भी
आगाज भी अपना कयामत से करते है ।।

दोस्ती उनकी सच मे बेमिसाल होती है
शुरूआत वो इसकी अदावत से करते है ।।

वफादारी के किस्से जुबाँ पर आम है उनके
पर जंग का आगाज बगावत से करते है ।।

बहुत मुश्किल है कोई पहचान ले उनको
वे बदमाशिया सारी शराफत से करते है ।।

गीत

चेहरा छिपा रहे है कुछ अपना नकाब से ।।
कुछ काम गलत हो गये शायद जनाब से ।।

उनको चुभन मिली है काँटो से बार बार
क्यों उनको शिकायत है फिर भी गुलाब से ।।

पानी ही फेर दे जो इंसा की अक्ल पर
क्यों तौबा नहीं करते फिर ऐसी शराब से ।।

मत छोड रख तू सदा इज्जत से वास्ता
गाली पर आ गये वो पल मे ही जनाब से ।।

बढता ही गया फासला दोनों के दरमियां
उनके सवाल लगने लगे जब बेहिसाब से ।।

लोग ढूढते रहे उलझे सवालो के जवाब
वो लाजवाब कर गया अपने जवाब से ।।

गीत

हुआ आज फिर झगडा है ।।
कहाँ प्यार फिर तगडा है ।।

मित्र है तो फिर हुये बराबर
हाँ बस इसी बात रगडा है ।।

अक्ल कम पर धन है ज्यादा
भारी इसीलिये तो पलडा है ।।

कैसे हर बार ही जीत मिलेगी
जबकि एक पाँव से लंगडा है ।।

उछल कूद की कुछ ताल नहीं
फिर भी कहता कि भंगडा है ।।

है आम की सादा लकडी पर
समझे सागवान का लकडा है ।।

गीत

सडक किनारे संकेतो को मंजिल मत समझो ।।
बीच टापुऔ को ही साहिल मत समझो ।।

तेज छूरी काँटे तो कसाई भी रखता है
जो सर्जन है उसको कातिल मत समझो ।।

यहाँ हुये इकट्ठे कुछ लोग मातम मे बैठे है
बिन देखे खुशियों की महफिल मत समझो ।।

धक धक तो इक इंजिन भी करता रहता है
पर उस को ही जिन्दा दिल मत समझो ।।

कुछ नाटक तो सोच समझकर ही होते है
खूब होशियार है लोग जाहिल मत समझो ।।

गेंहू के संग कभी कभी धुन भी पीस जाते है
हर फरेब मे सबको शामिल मत समझो ।।

गीत

ना केवल जो है अजीज अच्छी है ।।
नजर अच्छी है तो हर चीज अच्छी है ।।

थोडा तो उस शख्स को गौर से देख
तूने तो कह दिया कमीज अच्छी है ।।

सिर्फ बंगला और कार ही मत देख
यह भी देख किस मे तमीज अच्छी है ।।

अपनी सेहत भी देख क्या ठीक रहेंगा
माना कि यह डिश लजीज अच्छी है ।।

जब हो इक तरफ कुआ इक तरफ खाई
फिर तो बीच की दहलीज अच्छी है ।।

जब हो विवाद ज्यादा तो मौन अच्छा
तेज छूरी से तो यह ताबीज अच्छी है ।।

गीत

प्रतिशत मे विश्वास नही होता ।।
धोखे का आभास नही होता ।।

प्यार का महुरत देखने वालो
प्यार का कोई मास नही होता ।।

वे लोग जिन्दा नही मुर्दा है
जिन्हे कोई अहसास नहीं होता ।।

तुम्हारा भ्रम भी टूट जायेगा
गम मे कोई खास नहीं होता ।।

दुनिया एक मुसाफिर खाना है
यहाँ स्थाई निवास नही होता ।।

बात कुछ तो जरूर रही होगी
वेवजह कोई उदास नही होता ।।

गीत

अब तो बारूद बिछाना छोडे ।।
इन विश्वासो को और न तोडे ।।

जो भी हिस्से मे आया अपने
उसे भिगोये बस उसे निचौडे ।।

किसी छांव मे कुछ पल ठहरे
बिना रुके ही कब तक दौडे ।।

आखिर क्यो लगता लोगों को
है गलियाँ सकडी हम है चौडे ।।

यहाँ मुफ्त मे कुछ नहीं मिलता
श्रम करने को क्यो कहते फोडे ।।

किसी ओर से जो पडे बदलना
गम फिर अपने भी लगते थोडे ।।

गीत

बे मतलब न बोला कर ।।
बात बात को तोला कर ।।

रख न छिपाकर पीछे तू
जो है उस को रोला कर ।।

साथ क्या क्या ले जायेगा
जो है खाली झोला कर ।।

ना तो खट्टा ना ही मीठा
जीवन मोला मोला कर ।।

अनुभव होगा सच्चा फिर
घाट घाट पर डोला कर।।

नेक नीयत हो कहने की
इतना भी मत छोला कर ।।

दुष्ट बहुत है दुनिया मे
थोडा खुद को भोला कर ।।

खींच न रेखा और कहीं
आस पास ही गोला कर ।।

गीत

धूप बहुत है दूर तक दिखता नहीं शजर ।।
ख्यालों मे बहुत आता है वो गाँव का घर ।।

दहलीज पर खडे है जाये किधर को हम
भीतर भी बहुत घुटन है खतरा है बाहर ।।

खास खास ले गये अपने हिस्से की रोटियाँ
है उम्मीद एक दिन होगी सबको मयस्सर ।।

निकम्मों के नाम कर गये सारी जायदाद
जरूरत कहाँ उनको जो है खुद ही बेहतर ।।

लूटकर गरीब को फिर मसीहा बने है वो
रोज छपता है उनका नाम फ्रन्ट पेज पर ।।

मुसाफिर ही पहुंचता है मंजिल पर एक दिन
अपनी जगह रहती है कदमों की रहगुजर ।।

गीत

कयी बार टूटा हूं टूटकर फिर जुडता हूं ।।
मोडता हूं राहों को कभी खुद मुडता हूं ।।

हो अनुकूल समय तो मै फैलकर रहता
प्रतिकूल मौसम मे कछुवे सा सिकुडता हूं ।।

अपनी सेहत का बराबर ध्यान रखना है
परिश्रम से नहीं डरता जमकर रिगडता हूं ।।

मुसीबत मे अगर कोई मेरी साँस बनता है
उसके वास्ते धकधक बनकर ही धडकता हूं ।।

बुराई छोड देता हूं मै अलविदा कहकर
हो अच्छाई अगर कोई बाँहो मे जकडता हूं ।।

सरलता मे लुटा देता हूं अपने पास की दौलत
करें दुश्वारियाँ कोई फिर उसको पकडता हूं ।।

गीत

बिन आग के धुंआ नही होता ।।
बे बात कोई खफा नही होता ।।

अगर तुझमे वासना नही होती
जिस्म उसका छुआ नही होता ।।

हर किसी से उम्मीद मत रखना
सबका दिल आसमां नही होता ।।

बिना कहे भी समझना आये
जुबां से दिल बयां नही होता ।।

नयी दौलत बहुत मचलती है
हो पुरानी तो गुमां नही होता ।।

हो आब तो गुल भी महकते है
सहरा मे गुलिस्तां नही होता ।।

गीत

दोस्त रहते रूठे रूठे ।।
रिश्ते सारे टूटे टूटे ।।

होता अब विश्वास नहीं
करते वादे झूंठे झूंठे ।।

पात्र नहीं मिलता कोई
सारे बरतन फूटे फूटे ।।

वो इंसा है अपने जैसा
खाले टुकडे जूंठे जूंठे ।।

निष्ठा हो किसी एक मे
बाँध न खुद को खूंटे खूंटे ।।

इस क्यारी के फूल बने हम
और आँगन मे बूंटे बूंटे ।।

गीत

सहानुभूति मे अलाप हुआ है ।।
नारी होना अभिशाप हुआ है ।।

हेड लाइन है हर समाचार की
फिर से शहर मे पाप हुआ है ।।

नाटक सारे हुये आज फिर
घडियाली आँसू जाप हुआ है ।।

कल फिर मौसम ठण्डा होगा
आज जरा सा ताप हुआ है ।।

फिर खोदेंगे नींव जिस्म पर
कातिल नजरों से नाप हुआ है ।।

है लडके वाले बडे बाप के
छोटा लडकी का बाप हुआ है ।।

गीत

दर्द की अब कोई निशानी नही है ।।
आँख मे देखिये कहीं पानी नही है ।।

लिक्खी हुयी है किताबो के भीतर
दास्तां यह केवल जुबानी नही है ।।

यकीं है मुझको हुआ होगा ऐसा
असंभव नहीं कुछ हैरानी नहीं है ।।

चुभते है मुझको ये डनलप के गद्दे
जमीं पर मुझे कुछ परेशानी नही है ।।

यूं जाने का गम जरा भी नही है
अफसोस कुछ भी निशानी नही है ।।

है मतलब से मतलब बहुत बाद जाने
ये दुनिया किसी की दिवानी नही है ।।

गीत

साथ कहाँ तक चलता उनके ।।
क्या अहंकार मे ढलता उनके ।।

खडा हुआ अपने पैरो पर
क्या टुकडो पर पलता उनके ।।

मुझ को वह मन्दिर मे रखते
दीपक बनकर जलता उनके ।।

अपना अगर मुझे समझते
आँखो मे क्यों खलता उनके ।।

साथ अगर जो लेकर चलते
कैसे आगे निकलता उनके ।।

पलकों पर जो रखते मुझको
बनकर सपना पलता उनके ।।

गीत

तिल का ताड बनाने वालो ।।
बरगद को झाड बनाने वालो ।।

जब भी सच से हुआ सामना
झूंठ को आड बनाने वालो ।।

फूलों से इस घर को सजाते
काँटो की बाड बनाने वालो ।।

सही समय पर बोले होते
नकली दहाड बनाने वालो ।।

बुरी बात को छोटी करते
राई से पहाड बनाने वालो ।।

थोडी लचक जरूरी होती
खुद को हाड बनाने वालो ।।

गीत

लोग कुछ तो यहाँ बे सहारे मिलेगें ।।
झूंठ को क्या कभी किनारे मिलेगें ।।

नजर अपनी रखना मंजिल के ऊपर
भटकने को सौ सौ इशारे मिलेगें ।।

चाँद तो चाँद है चाँद की बात करना
गगन मे कयी लाख तारे मिलेगें ।।

वक्त पर काम आये अपना वही है
पहचान रखना कयी हमारे मिलेंगे ।।

संभलकर रखना यहाँ हर कदम को
राहों मे काँटे और आरे मिलेंगे ।।

है छोटी मगर झील मीठी बहुत है
है सागर बडे पर खारे मिलेंगे ।।

गीत

तय करे कि कौन सा व्यवहार करना है ।।
प्यार करना है या कोई व्यापार करना है ।।

तोडकर दिल किसी का क्या करेगे जीत का
जीत की बाजी को अपनी हार करना है ।।

रुक गया पानी अगर तो ताजगी खो जायेगी
ठहरी हुयी इस नदी को धार करना है ।।

आफते बनकर हिलोरें कल भी आयेगी
खोल कर रस्सी समन्दर पार करना है ।।

घरोंदे रेत के तट पर बनाना छोड दो अब तो
सपना जो भी देखा है उसे साकार करना है ।।

छिपा लेने से गरदन को दुश्मन नहीं मरते
बला आये कैसी भी हमे दो चार करना है ।।

गीत

मरे हुये कुछ लोग खुद को जिन्दा समझते है ।।
चलते है रेंगकर फिर भी परिन्दा समझते है ।।

हर मोड हर गली हर चौराहे पर मिल जाते
उनके जैसे मगर खुद को चुनिन्दा समझते है ।।

भला चाहा था उनका ही अंगुलि उठायी थी
पर इस आलोचना को वह निन्दा समझते है ।।

है भाषा बडी उनकी करें क्या कोई उनका
लिखे अरविन्द पर वो अरविन्दा समझते है ।।

बडी चालाक है दुनिया मतलब से झुकती है
लुटाकर माल वो अपना गोविन्दा समझते है ।।

कुछ रोज रहने को ये दुनिया इक धर्मशाला है
कुछ मलिक बनते है कुछ कारिन्दा समझते है ।।

गीत

वाद करे प्रतिवाद करे ।।
कुछ तो हम संवाद करे ।।

डँसती है यह खामोशी
टकराये कुछ निनाद करे ।।

इस बीज मे नवअंकुर हो
बीते कल को खाद करे ।।

अब तो जागे उठे नींद से
और न समय बर्बाद करे ।।

इक घर उजड गया तो
बस्ती नयी आबाद करे ।।

सिमटा है सत्य आज का
इसे संख्या मे तादाद करे ।।

गीत

कहा अपना जब तक मै काम का था ।।
रिश्ता दोस्ती का तो बस नाम का था ।।

सुबह सुबह ही आ गये वो घर पर मेरे
जब कि निमंत्रण उनको शाम का था ।।

खा गये इस बार भी फिर से धोखा
चोर था पर मुंह मे नाम राम का था ।।

जिक्र करते रहे वो बस बार बार मेरा
उस फहरिश्त मे नाम तमाम का था ।।

उनके साथ इक फौज थी डाॅक्टरों की
जबकि रोग मामूली जुकाम का था ।।

बडी अदब से लिया अपनी हथेली पर
था तो जल ही पर गंगा धाम का था ।।

गीत

जरा सा मुंह खोला तो बुरा मान गये ।।
इस बार सच बोला तो बुरा मान गये ।।

वजन पूरा है तो फिर घहबराहट कैसी
रख तराजू पर तोला तो बुरा मान गये ।।

उनकी पनाह मे पडे थे बेजान हो कर
तन थोडा सा डोला तो बुरा मान गये ।।

आखिर कब तक सहता अपमान कोई
उठाया अपना झोला तो बुरा मान गये ।।

हकीकत तो इक दिन उजागर होनी थी
उतर गया सारा चोला तो बुरा मान गये ।।

नियम तो सब के लिये ही इक जैसे है
जब उनको टटोला तो बुरा मान गये ।।

कृष्ण सिंह हाडा

गीत

शब्द की इस धार को तलवार कर ।।
सह न कोई वार जमकर वार कर ।।

रखेगा कब तक छुपाकर और से
प्यार है तो प्यार का इकरार कर ।।

दिल किसी का तोडना अच्छा नहीं
जो भी है उसको यहाँ स्वीकार कर ।।

नाव सबकी है डोलती मंझधार मे
पतवार ले हाथ मे और पार कर ।।

हर गली हर मोड तक होगी यहीं
बात छोटी सी है मत अखबार कर ।।

काम कुछ कर ले यहाँ पर काम का
जिन्दगी को रोज मत इतवार कर ।।

गीत

मर जायेगे वे सारे ,मुझे मारने वाले ।।
रख याद मे प्यारे ,मुझे मारने वाले ।।

बस तैरती दरिया मे कश्ती मेरी होगी
लगेगे सब किनारे ,मुझे मारने वाले ।।

इस षडयंत्र से इक दिन पर्दा भी उठेगा
होगें व्यर्थ इशारे ,मुझे मारने वाले ।।

उठाकर हाथ सब जिन्दाबाद बोलेगे
लगायेगे सब नारे ,मुझे मारने वाले ।।

स्वागत मे मेरे जब वक्त बदलेगा
उतर आयेगे तारे ,मुझे मारने वाले ।।

उनसे हुयी मेरी यह जंग देर तक
इक इक सब हारे ,मुझे मारने वाले ।।

गीत

क्या काटकर फेंक दूं सच की जुबान को ।।
चुभती है बडी जोर से यह बेईमान को ।।

धरती पर बोझ बनकर ही रहते पडे हुये
क्यों तुमने उठाया है सिर पर आसमान को ।।

इक कमरा क्या दिया उसे रहने के वास्ते
उसने कब्जे मे कर लिया सारे मकान को ।।

जो मूल था उसे कुछ तवज्जो न दे सके
हम बैठे रहे ले कर फकत उसके निशान को ।।

जाकर के आसमां पर हम लगाते रहे पैबंद
देखा नही कभी अपने चा◌ॅक गिरेबान को ।।

भूखा था कयी दिन से तडकर के मर गया
छप्पन भोग लगाते रहे हम भगवान को ।।

गीत

सब मतलब के साथी है कोई यार नहीं ।।
जहाँ स्वार्थ हो वहाँ मिलता प्यार नहीं ।।

कभी किया हो त्याग कोई तो बतलाऔ
बिना त्याग के मिलता है अधिकार नहीं ।।

मत घबराऔ नांव तट से खोलो तुम
किस दरिया मे कहो यहाँ मंझधार नहीं ।।

हर बात पर चापलूस ही हाँ हाँ करते है
सावधान हो जाऔ जहाँ हो इंकार नहीं ।।

सुख और दुख दोनों मिलते बारी बारी
जहाँ एक हो समझो वह संसार नहीं ।।

यहाँ गुलाब तो काँटो मे ही खिलते है
कनेर होगा फूल अगर जो खार नहीं ।।

गीत

कैसे निभती उससे,उसमे गुरूर बहुत था ।।
मै क्षमा कर भी देता पर कसूर बहुत था ।।

प्यार का रास्ता तो बहुत सीधा और सरल है
छोड दिया वह रिश्ता उसमे दस्तूर बहुत था ।।

स्थाई खूबसूरती तो बस मन की होती है
जिसको ठुकराया उस चेहरे मे नूर बहुत था ।।

झूंठ नहीं कहता लाकर बिछा देता सच मे
क्या करता मेरे हाथो से चाँद दूर बहुत था ।।

झुक गया मेरा तन इसे खिदमत ना समझ
मै हालात का मारा सच मजबूर बहुत था ।।

टुकडे होते तो जोड लेता उसे फिर से मैं
दिल मेरा बिखरा बिखरा चूर चूर बहुत था ।।

गीत

वो शिकवे और वो हसीं बाते नहीं होती ।।
महीनो हो गये पर मुलाकाते नही होती ।।

दुल्हा बन के निकले हो चाहे दिन सब अपने
अब वो झूमती गाती बाराते नही होती ।।

सिमटकर हम बैठे है अपने बन्द कमरो मे
तुम्हारे बिन अब वैसी बरसाते नही होती ।।

अंधेरा होते ही बिस्तर पर आ के लेट जाता हूं
गली के मोड पर अब कभी राते नही होती ।।

जरा सा चूक जाने पर सिक्के छीन लेते थे
खुला हो पर्स भी अब कभी घाते नही होती ।।

जहाँ से हम गुजरते है वहीं फिर लौट आते है
वहाँ मौजूद पहले सी कायनाते नही होती ।।

गीत

वे कहाँ सब से हाथ मिलाते है ।।
बस मतलब से हाथ मिलाते है ।।

बेसबब नहीं मिलते किसी से वे
अपने सबब से हाथ मिलाते है ।।

इक बार किया था काम उन का
झुक कर तब से हाथ मिलाते है ।।

दिखाया था इक बार ही जलवा
दबाकर जब से हाथ मिलाते है ।।

कोई अधूरा उनको नहीं भाता
बस लबालब से हाथ मिलाते है ।।

जो हो पर खुदा तो नही है वो
भरम यह रब से हाथ मिलाते है ।।

गीत

थोडा घर से बाहर निकले ।।
दौडे चले या फिर फिसले ।।

अधर रहे ना मन का मंथन
समय रहते सही निर्णय ले ।।

श्रम से क्या घबराना साथी
इस चक्की मे हर बात दले ।।

कुछ तो अपना भी होना हो
यूं तो लाख लाख जीव पले ।।

इस बुद्धि का सद्पयोग करें
ना लुटे ना ही और को छले ।।

मै कैसे कह दूं है संसार बुरा
कुछ लोग हमको मिले भले ।।

गीत

हमे उनकी हर बात मे हाँ मिलाना नहीं आया ।।
इल्जाम यह है कि दोस्ती निभाना नहीं आया ।।

लिखे थे नाम उसने रेत पर सब मिटा डाले
लिखे थे हमने इस दिल पर मिटाना नहीं आया ।।

नहीं आया रहम कोई पल मे चा◌ॅक कर डाला
हमे चाकू हवा मे भी यूं लहराना नहीं आया ।।

वो निकले पास से ऐसे कोई रिश्ता नहीं बाकी
हमे इक रोज भी उनको भुलाना नहीं आया ।।

लिखे थे हमने भी नगमे कभी प्यार मे उनके
दबाकर रखे सीने मे बस सुनाना नहीं आया ।।

उनकी इस बेवफाई पर हम हैरान इतने थे
मिलाकर आँख फिर हमको झुकाना नहीं आया ।।

गीत

देखे इस जिन्दगी का क्या हाल होता है ।।
किसे खुशी और किसे मलाल होता है ।।

मुद्दे कयी उछले है संसद मे इन दिनों
रोटी का ही सवाल बडा सवाल होता है ।।

आयी बहू नयी तो परिचय दिया यहीं
इक महीना जेठ का भी हर साल होता है ।।

चलता है रुपया तो ऊपर से एक ही
बस बीच मे न जाने क्या कमाल होता है ।।

पेकिंग ही मत देख भीतर भी कुछ झांक
असली के नाम पर नकली माल होता है ।।

दुश्मन भी बना तो किसी काबिल को बना
मूरख हो अगर दोस्त तो जंजाल होता है ।।

कृष्ण सिंह हाडा

गीत

मसले कब तलवारों से हल हुये ।।
बस्तियाँ विरान शहर जंगल हुये।।

जहाँ रख दी ताक मे अकल को
लोग हताहत या फिर घायल हुये।।

झट से तुमने घडो को फोड दिया
ऊपर आकाश मे क्या बादल हुये।।

न देखा भूत न देखा कल उसका
बस छवि देखी और कायल हुये।।

तुम्हारी बात पर कैसे यकीं आये
न बने फूल न बने पत्ती फल हुये।।

न बुझी प्यास न हो सकी फसल
सिर्फ कीचड और दलदल हुये ।।

गीत

बेढंगी अब तो इस की चाल हुयी है ।।
जिन्दगी इस बवा से बेहाल हुयी है ।।

अपनो को भी इसने दूर दूर कर दिया
हर जी का अब यह जंजाल हुयी है ।।

चेहरे से आदमी की पहचान खो गयी
मास्क या फिर यह रूमाल हुयी है ।।

इंसा के दिमाग का पिज्जा बना दिया
पेचिदा एक ऐसा ही सवाल हुयी है ।।

तनकर कर रहे है कुछ लोग सामना
कुछ बस्तियो मे यह निढाल हुयी है ।।

जो बच गये उनका है भगवान आसरा
साबित कुछ घरो मे यह काल हुयी है ।।

गीत

मत हमारी बात पर वाह वाह कीजिये ।।
दो चार घडी प्यार का निर्वाह कीजिये ।।

सूरत हमारी आपको काँटो सी ना चुभे
वफा बस इतनी सी इतनी सी चाह कीजिये ।।

बैठे है बडी देर से यह लेकर के आस हम
इक बार इस तरफ भी निगाह कीजिये ।।

अपना भी दिल साफ है कुछ देर के लिये
बैठो इसे रब की पाक दरगाह कीजिये ।।

धडकन नहीं रही तो कुछ भी नहीं रहा
दफनाऔ फिर इसे या दाह कीजिये ।।

दौलत उस खुदा की रखिये संभाल कर
बेकार इसको यूं ही न तबाह कीजिये ।।

गीत

तार जोडकर सब से रखते ।।
हर रिश्ता मतलब से रखते ।।

पक्का नहीं विश्वास उनको
रिश्ता फिर भी रब से रखते ।।

देर कहाँ हुयी ये आखिर
हुआ अफसोस तब से रखते ।।

बोझ बहुत ही ढोया सिर पर
जरुरत आयी जब से रखते ।।

बहुत दूर तक देखा अवसर
और बताऔ कब से रखते ।।

कोई कह दे पान किया हो ?
जाम लगाकर लब से रखते ।।

गीत

इस बुद्धि को विवेकवान बनायें ।।
अपने अनुभवों को ज्ञान बनायें ।।

आदम तो थे हम कयी सदियों से
आदम को अब इनसान बनायें ।।

ना तो शून्य है ना ही कोई पत्थर
आत्मदेव को ही भगवान बनायें ।।

इस काया का रूप रंग तो नश्वर है
सदगुणों से अपनी पहचान बनायें ।।

गिरना तो सरल बहुत है नीचे को
ऊपर चढ इसे नया उत्थान बनायें ।।

ना हो कोई भेदभाव उसमे तुझमे
मन मे एक ऐसा संविधान बनायें ।।

गीत

ठहरी हुयी हयात को सफर बनाये हम ।।
जो है उससे कुछ तो बेहतर बनाये हम ।।

समन्दर को कुछ लोगो ने कतरा बना दिया
उसी कतरे को फिर से समंदर बनाये हम ।।

उछाले है जो पत्थर लोगों ने इस तरफ
जोडकर उन्हे तरतीब से घर बनाये हम ।।

हकीकत की कडी जमीन से पस्त ना हो
उड चलें इन होसलों को पर बनायें हम ।।

हर कदम उठे हमारा बस नेक राह पर
बरबाद न हो जिन्दगी यह डर बनायें हम ।।

हो शान्त अगर झील तो कंकर डाल कर
हलचल कुछ तो हो इक लहर बनायें हम ।।

गीत

किसने कहा उनको यार चाहिये ।।
यार नहीं उनको अय्यार चाहिये ।।

बात बात पर ' वाह ' कहने वाले
आसपास खडे बस तैयार चाहिये ।।

नुकसान जरा भी बर्दाश्त नही है
पक्का लाभ का कारोबार चाहिये ।।

किस बात पर हो ये अलग बात है
हो हर बार बस जयकार चाहिये ।।

हर काम उनका तत्काल अभी हो
पल भर मे ही सारा संसार चाहिये ।।

सूरज भी वही है और चाँद वही है
फैला आस पास अंधकार चाहिये ।।

गीत

यूं हुये चौहत्तर साल मगर
आजादी अभी अधूरी है ।।

हम चाहे बजाये गाल मगर
आजादी अभी अधूरी है ।।

है स्वच्छ नहीं पानी पीने का
पेट कमर से चिपका है ।

सिर पर छत नहीं है पक्की
छप्पर टप टप टपका है ।

कुछ हुये है मालामाल मगर
आजादी अभी अधूरी है ।।

हम चाहे बजायें गाल मगर
आजादी अभी अधूरी है ।।

हर हाथ को काम नहीं है
बोझ बनी शिक्षा अब तो ।

नित नित नयी घटना घटती
मौत बनी दीक्षा अब तो ।

कुछ लोग हुये निहाल मगर
आजादी अभी अधूरी है ।।

हम चाहे बजायें गाल मगर
आजादी अभी अधूरी है ।।

कोई हिन्दू कोई मुस्लिम
सच्चा इनसान नहीं कोई ।

मंदिर मस्जिद मे कैद हुआ
बाहर भगवान नहीं कोई ।

धर्म का फैला है जाल मगर
आजादी अभी अधूरी है ।।

हम चाहे बजायें गाल मगर
आजादी अभी अधूरी है ।।

परंपरा के ताने बाने
मकडजाल से उलझे रहते ।

दो दिन धूमधाम कर
जीवन भर कष्टो को सहते ।

सब पीते पतली दाल मगर
आजादी अभी अधूरी है ।।

हम चाहे बजायें गाल मगर
आजादी अभी अधूरी है ।।

गीत

क्यो आदमी परहित मे सोचता नही ।।
सब मे अपना भी हित खोजता नही ।।

तानता है मुक्की वो अपनी सुरक्षा मे
हमला हो सब पर तो उसे रोकता नही ।।

निकली हुयी कील को फेंक देता है
फिर उसी कील को क्यों ठोकता नही ।।

आदमी की आदत भी कुत्ते सी हो गयी
मिल जाये गर टुकडा तो भोकता नही ।।

सुधरा नही वो आज भी है आलसी
घुस आये घर मे चोर मगर चोकता नही ।।

अपराध चाहे सामने हो दिन दहाडे
बनता है अंजान कभी टोकता नही ।।

गीत

चमन मे शबाब मत देखो ।।
काँटो मे गुलाब मत देखो ।।

चल पडो बस घर से बाहर
ऊपर आफताब मत देखो ।।

होती रहती है लाभ हानि
ज्यादा हिसाब मत देखो ।।

सख्त है हकीकत की जमीं
इतने हसीं ख्वाब मत देखो ।।

नेक बनकर खुद दिखाऔ
है जमाना खराब मत देखो ।।

उठा लो मशाल हाथों मे
आयेगा इंकलाब मत देखो ।।

गीत

राधेकृष्ण राधेकृष्ण जाप करना छोड दो ।।
जाओगे नरक मे यह पाप करना छोड दो ।।

राधे राधे बोलो फिर चले आयेगे बिहारी
गाली जैसा भजन यह आप करना छोड दो ।।

कृष्ण जैसे वीर को व्यभिचारी बना दिया
हाय हाय और यह संताप करना छोड दो ।।

है विष्णु के अवतारी द्वापर के चक्रधारी
फिर यह पापमय आलाप करना छोड दो ।।

व्यर्थ है यह यज्ञ याग्य आहूति इन्द्र को
सीखा गये व्रत तप ताप करना छोड दो ।।

संभावना हो युद्ध की तो सत्य का साथ दो
शूरवीर यौद्धाऔ का नाप करना छोड दो ।।

गीत

क्यों लोग सही को सही मानते नहीं ।।
यह बात कितनी बार कही मानते नहीं ।।

खुद हमने उस जगह खडे हो के दिखाया
उस ठोस धरातल को जमीं मानते नहीं ।।

हर बार ही मनाया उसने अपने देव को
है प्रयास मे कुछ तो कमी मानते नहीं ।।

होता है चमत्कार भी जिद पर अड गये
बढती गयी आँखों की नमी मानते नहीं ।।

बिन उसकी इजाजत के पत्ता नहीं हिलता
है आज भी ये गलत फहमी मानते नहीं ।।

कहते है इस धरा को आज भी अचला
गतिशील है यह कब थमी मानते नहीं ।।

गीत

जो है नहीं हितकर वह रिवाज तोडिये ।।
कल पर न छोडिये उसे आज तोडिये ।।

सबका ही भला हो तो फिर कैसा पाप है
गुरुमंत्र क्या छिपाना यह राज तोडिये ।।

जाति मे बाँटता हो और मजहब मे कैद हो
भेदभाव वाला ऐसा हर समाज तोडिये ।।

सुराख वाली कश्ती को लेकर ही क्यों चले
अंजाम है बुरा तो फिर आगाज तोडिये ।।

देखो किसी बुराई का यह मंत्र ना बन जाय
अपशब्द उठ रहे हो तो आवाज तोडिये ।।

बुलन्द हो आवाज अब हर इंकलाब की
जुल्मों सितम के तख्त और ताज तोडिये ।।

गीत

इक दूजे से जुडकर देखो ।।
कभी कभी तो मुडकर देखो ।।

ठोकर खाकर गिरने से अच्छा
नीचे थोडा सा झुककर देखो ।।

जल को कुछ स्थिर होने दो
ठहर जरा सा रुककर देखो ।।

मुठ्ठी दो मुठ्ठी ही राख बचेगी
किसी आग मे फुंककर देखो ।।

कभी किसी के लिये यहाँ पर
साँसे अपनी चुककर देखो ।।

सब फूलों को गले लगाते
बनकर काँटा चुभकर देखो ।।

गीत

रूठा है तो मना लेगे ।।
टूटा है तो बना लेगे ।।

छोडो अब निराशा को
जो है उसे सजा लेगे ।।

धागे मे बिखरे मोती
इकट्ठा कर जमा लेगे ।।

जाले आ गये तो क्या
इन्हे फिर से हटा लेगे ।।

करेंगे हम वफादारी
बदले मे हर वफा लेगे ।।

बचाकर हम सिर पर
तुम्हारी हर बला लेगे ।।

गीत

नहीं माने सच्ची बात जमाना पागल है ।।
वो दिन को बोले रात जमाना पागल है ।।

जो काबिल है धक्के खाते कुछ पूछ नहीं
अंधे बाँट रहे सौगात जमाना पागल है ।।

विधि बनाकर नाम रखा उसका सम विधान
फिर भी सबसे पूछे जात जमाना पागल है ।।

पत्थर की मूरत के देखे चढते छप्पन भोग
पर ,इंसा को नहीं भात जमाना पागल है ।।

क्यों सीख नहीं लेता वो अपनी हार से
नित खाता रहता मात जमाना पागल है ।।

जो बात बात पर बस ओरों पर निर्भर है
वो सहता है हर घात जमाना पागल है ।।

गीत

बिना किसी सवाल के जवाब नही होता ।।
हम खराब है जमाना खराब नहीं होता ।।

सहना होता है सबको गमो का पहाड
काँटो के बिना कहीं गुलाब नही होता ।।

हकीकत की बुनियाद तलाशनी होती है
बिना सच्चाई के पूरा ख्वाब नही होता ।।

धीरज से सींचना होता है हर एक रिश्ता
ऐसे ही खडा कोई अहबाब नही होता ।।

अभी वक्त की बडी मेहरबानी है उस पर
हर इंसा तो राजा और नवाब नही होता ।।

देखना ये नशा भी इक दिन उतर जायेगा
उम्र के हर पडाव पर शबाब नही होता ।।

गीत

बनकर तेरा हाथ रहूंगा ।।
हरदम तेरे साथ रहूंगा ।।

हक तेरा है कर्तव्य मेरा
दे कर के सौगात रहूंगा ।।

मै तुझ से दूर कब हुआ
साथ तेरे दिनरात रहूंगा ।।

जब भी तुम मुख खोलोगे
लब पर बनकर बात रहूंगा ।।

छप्पन हो पकवान भले ही
बन थाली मे भात रहूंगा ।।

जीत तुम्हारी ही करने को
संग बनकर मै मात रहूंगा ।।

गीत

लोगो के हमसे आजकल मतलब बदल गये ।।
न की दुआ सलाम और चुपचाप निकल गये ।।

होगा कभी जो सामना पूछेंगे हर एक बात
मौसम की तरह दोस्त भी कैसे बदल गये ।।

छाये थे इस तरह से कि बरसेंगे जोर से
बादल हवा के साथ ही छा कर टल गये ।।

जिन पर किया यकीन सब निकले दगाबाज
मासूम सी इक जान को कुछ रिश्ते छल गये ।।

कुछ बीज अपनी खोल मे लिपटे रहे सदा
वो ही बने पेड जो इस मिट्टी मे गल गये ।।

जिनको कुछ होश था फकत वो ही बच सके
बनते थे बडे सूरमा सब के सब फिसल गये ।।

गीत

मोहब्बत जीना सीखाती है ।।
मुसीबत जीना सीखाती है ।।

ख्वाबो मे उडते फिरो चाहे
हकीकत जीना सीखाती है ।।

सहना जुल्म भी पाप ही है
बगावत जीना सीखाती है ।।

नहीं चलती सदा बदमाशी
शराफत जीना सीखाती है ।।

गलत का विरोध जरूरी है
शिकायत जीना सीखाती है ।।

बहुत आसां है मिटा देना
इनायत जीना सीखाती है ।।

गीत

यहाँ दबदबा है झूंठ का सच कोने मे खडा है ।।
बल मे जो अधिक है आदमी वो ही बडा है ।।

देखकर चेहरा यहाँ सब माथ पर टीका लगाते
एक को नीचे गिराकर दूसरा आगे बढा है ।।

समेट कर सारा जहाँ से मै अपना घर भर लूं
हो गयी खण्डहर हवेली अन्न भी तो सडा है ।।

फैलकर जब वो चला बाजार सब सकडे हुये
अब पूछता कोई नहीं बूढा कोने मे पडा है ।।

आदमी का पेट भरती रुखी सूखी रोटियाँ ही
कीमती है नग बडा वह पर कंगनो मे जडा है ।।

काटकर मत फेंक उसको जिस्म का भाग है
आदमियत एक है तो आदमी उसका धडा है ।।

गीत

मेरे जहन मे सदा सफर रहता है ।।
सफर मे मेरे हर वक्त घर रहता है ।।

ये समन्दर दिखता है बूंद के जैसा
बूंद मे भी छिपा समन्दर रहता है ।।

ढूंढ आया हू उसे हर इक कोने मे
मुझे बताऔ वह किधर रहता है ।।

यकीं कर के फिर वो कैसे उस पर
मस्त हो के इतना बेखबर रहता है ।।

रंग और रूप तो कुछ दिन का है
उम्र भर खुशबू का असर रहता है ।।

दिवाने है लोग यहाँ सब हीरों के
नही मालूम उसमे जहर रहता है ।।

गीत

रिश्ते जिन्दगी के कितने अजीब है ।।
गुल हमसे दूर दूर है काँटे करीब है ।।

उनको मिल गयी माँगी हुयी मुराद
कुछ लोग इस जहाँ मे खुशनसीब है ।।

कुछ लोग तो आये है ताज के लिये
कुछ के नसीब मे लिखी सलीब है ।।

ताकत से हर काम होता नही यहाँ
समाधान का तरीका तरकीब है ।।

तोहमत आयेगी हर इल्जाम आयेगा
उसका गुनाह है कि वो गरीब है ।।

दौलत है पास तो जमाना दोस्त है
मुफलिस के लिये तो सब रकीब है ।।

गीत

खुले आसमान से उन्हे दिक्कत है ।।
मेरे स्वाभिमान से उन्हे दिक्कत है ।।

स्वीकार है हिन्दू या मुसलमा होना
सिर्फ इनसान से उन्हे दिक्कत है ।।

वे चाहते है तुम भी बेईमान ही बनो
सच और ईमान से उन्हे दिक्कत है ।।

मंदिर मठ चर्च यह जरूरी है बहुत
स्कूल दुकान से उन्हे दिक्कत है ।।

भत्ते वेतन कमीशन रिश्वत कम है
दीन के अनुदान से उन्हे दिक्कत है ।।

रहे हर वक्त झुकी झुकी गरदन
आँख के उठान से उन्हे दिक्कत है ।।

गीत

अपनी राह बनायें हम ।।
सपने नये सजायें हम ।।

ना झिझके ना ही रूके
अपना पैर उठायें हम ।।

छोडकर इस कारा को
अपने पंख फैलायें हम ।।

ऊँची हो आवाज हमारी
गीत खुशी का गायें हम ।।

आश्रय छाया कुछ तो दे
इक दो पेड लगायें हम ।।

मानवता की इस बेल को
ऊँची और चढायें हम ।।

गीत

ज्यादा इस मकां मे रहता नहीं कोई ।।
सदा इस जहां मे रहता नहीं कोई ।।

देखा है बदलते हुये मतलब के वास्ते
मौजूद हर बयां मे रहता नहीं कोई ।।

बचपन बुढापा भी शामिल है दोस्तों
दौरे इस जवां मे रहता नहीं कोई ।।

रखकर के सब छोड दिया तेरे वास्ते
मन की इस दुकां मे रहता नहीं कोई ।।

सूरत उस खुदा की इंसा मे देख ले
उस पार आसमां मे रहता नहीं कोई ।।

विश्वास और प्रेम जीवन के तट है
दोनों के दरमियां रहता नहीं कोई ।।

गीत

ढका हूं राख से बुझा नहीं हूं ।।
रीता हूं जरा सा चुका नहीं हूं ।।

ये तो उम्र का असर है वरना
जमीर जिन्दा है झुका नहीं हूं ।।

शजर का मान रखा बैठ गया
सफर लम्बा है थका नहीं हूं ।।

बडा पेड बनूंगा एक दिन तो
बीज हूं गल गया मिटा नहीं हूं ।।

अपनी लकीरे खुद बनाता हूं
जानता हूं बहुत खुदा नहीं हूं ।।

मैं आलोचक हूं हर चीज का
दूर हूं पर तुझसे जुदा नहीं हूं ।।

कृष्ण सिंह हाडा

गीत

वो जब भी कुछ बोलता है ।।
फिजां मे खुशबू घोलता है ।।

हर लफ्ज बोलने से पहले
जहन मे सौ बार तोलता है ।।

उसका मन बहुत नाजुक है
हर फैसला बस टालता है ।।

जब तक नजर मे आता है
हाथ उस ओर झालता है ।।

वो निराश कभी नहीं होता
ख्वाब निरन्तर पालता है ।।

अमंगल मे चुप ही रहता है
शुभ हो तो मुख खोलता है ।।

गीत

जिसकी गम से पहचान नहीं है ।।
पक्का वह फिर इनसान नहीं है ।।

जो करना है करना है तुझको ही
मत बैठ भरोसे भगवान नहीं है ।।

किसी के श्राप से कुछ नहीं होता
ये आशीर्वाद भी वरदान नहीं है ।।

सहयोग सहकार का भाव रखना
इसके बिना कहीं उत्थान नहीं है ।।

घोल कुछ राग गैर का भी इस मे
अपना ही अलाप गान नहीं है ।।

मस्ती और मौज की गुंजाइश रख
जिन्दगी सिर्फ शमशान नहीं है ।।

गीत

काले काले आसमान के बादल कहाँ गये ।।
खिले खिले इन आँखो के कमल कहाँ गये ।।
राह तकते खेत खडे है
बून्द नहीं बरसा ।
जाने कब होगी बारिश
एक नहीं गरजा ।
छाने वाले चहुं ओर से दल के दल कहाँ गये ।।
आँखो मे भर आया पानी
सपने टूट गये ।
शहनाई की तान नगाडे
सब पीछे छूट गये ।
आशाओ के ऊँचे ऊँचे राजमहल कहाँ गये ।।
कर्जा और बढेगा ऊपर
इज्जत कम होगी ।
खाली हाथ जब दरवाजे से
जायेगा जोगी ।
खुशहाली के जो सोचे थे वो पल कहाँ गये ।।

गीत

गाँठ खोल दे ग्रंथ वही है ।।
मंजिल दे दे पंथ वही है ।।

सत्कर्मों का मार्ग बतायें
साधु वही है संत वही है ।।

हर डाली मे प्राण फूंक दे
ऋतुराज बसंत वही है ।।

यादो मे रह जाती खुशबू
होना सबका अंत वही है ।।

आँधी मे भी पार लगा दे
ईश्वर और भगवंत वही है ।।

पशु और मानव मे देखो
नख शिख और दंत वही है ।।

गीत

रोटी पानी है तो पूंछ हिलाऔ ।।
दाँत दिखायें तो पत्थर पाऔ ।।

सच का राग बन्द करो अब
झूंठ बोलो और लाभ कमाऔ ।।

कहाँ आ गये तुम ज्ञान बाँटने
वाह वाह कह प्यार जताऔ ।।

तुम सारा दर्शन रखो ताक पर
खाऔ पियो मौज मनाऔ ।।

नियम कायदे जमकर तोडो
थोडी अपनी अकड बताऔ ।।

बोझ न आयें कुछ बुद्धि पर
जो आया है बस उसे घुमाऔ ।।

गीत

ये मौसम है मरघट जैसा ।।
हर चेहरा है घूंघट जैसा ।।

दूर दूर हर फूल खिला है
समय गया जमघट जैसा ।।

गलियां सब विरान पडी है
शोर नहीं अब आहट जैसा ।।

रस्सी एक तनी है जिस पर
हमे चलना होगा नट जैसा ।।

घर मे ही संतोष हुआ अब
नहीं रहा कुछ सरपट जैसा ।।

चहल पहल सब रुकी रुकी है
क्षण कोई आयें करवट जैसा ।।

कृष्ण सिंह हाडा

गीत

बून्द बून्द मे सावन तुम हो ।।
मेरे लिये तो जीवन तुम हो ।।

गंगा यमुना से भी ज्यादा
पवित्र और पावन तुम हो ।।

मेरा तो है अस्तित्व तुम से
श्वास और धडकन तुम हो ।।

ऊपर तुम ही आसमान हो
नीचे घर का आंगन तुम हो ।।

लिपटें या लहरायें मस्ती मे
तन मन का दामन तुम हो ।।

उन्मुक्त गगन की ऊँचाई पर
स्नेह प्यार का बंधन तुम हो ।।

गंध लिये इक शीतलता के
संग पानी के चंदन तुम हो ।।

वन्दन की हर भावभूमि का
आदर और
अभिनंदन
तुम हो ।।

गीत

बिन बात की जलन रखते लोग यहाँ ।।
सुविधा का संतुलन रखते लोग यहाँ ।।

गैरो की हर बात समझ लो भागित है
बस खुद मे ही फलन रखते लोग यहाँ ।।

अपनी एडी सब से ऊपर शोभित हो
बाकि मुद्दे तो मसलन रखते लोग यहाँ ।।

बातें बार बार करते सब आदर्शो की
भीतर भीतर फिसलन रखते लोग यहाँ ।।

सच्चे इंसा इनको काँटो से चुभते है
कुटिल और गंदे चलन रखते लोग यहाँ ।।

रिश्तों की सारी गर्माहट जाने कहाँ गयी
ठण्डी आहे और गलन रखते लोग यहाँ ।।

कृष्ण सिंह हाडा

गीत

मत भेद मन भेद बने है ।।
अब रिश्तो मे छेद बने है ।।

भीतर से काला सब कुछ
पर बाहर से सफेद बने है ।।

बिन सोचे काम करो ना
वाक्य सब ही खेद बने है ।।

इन आँखो के सारे आँसू
निकल तन से स्वेद बने है ।।

रचना हो जब निर्मल मन से
अक्षर पावन तब वेद बने है ।।

यहाँ आप अपने क्या होता
जो भी बने सब कुरेद बने है ।।

गीत

ख्वाब कुछ कुछ हसीन रखता हूं ।।
नीचे पैरों के पर जमीन रखता हूं ।।

कोई करें न करें ये अलग बात है
मै तो हर एक पर यकीन रखता हूं ।।

मै कसता हूं हर बात कसौटी पर
रूढी नहीं हूं अक्ल जहीन रखता हूं ।।

उडा देता हूं व्यर्थ के सब छिलके
खास खास और महीन रखता हूं ।।

नहीं जाता किसी भी देव के दर पर
पर अपना ईमान और दीन रखता हूं ।।

इस जीवन का कोई और नहीं मालिक
इस मन को अपने अधीन रखता हूं ।।

गीत

घर जलाकर आज फिर रौशनी की है ।।
कुछ दुश्मनो से भी उसने दोस्ती की है ।।

हालात कुछ ऐसे थे की लुट गयी इज्जत
तुम कुछ कहो उसने तो खुदकशी की है ।।

चाटकर तलवे सौ साल भी जियें तो क्या
अपनी उम्र मे उसने खुद ही कमी की है ।।

किसी मदहोश को इतनी नफरत से मत देखो
कभी यह भी पूछो क्यो मयकशी की है ।।

रौशनी तेज इतनी है कि आँखे चुंधियायी
बुझाकर बत्तियाँ सारी खुद तिरगी की है ।।

वफा के वास्ते उसने कुछ पत्थर तराशे है
रखकर सामने उनको फिर बन्दगी की है ।।

गीत

आज राह पर देखो मेरा जीवन आया है ।।
जैसे तपती धरती ऊपर सावन आया है ।।

कडी धूप लगी हमे तो छाह करने को
उडता उडता सिर के ऊपर दामन आया है ।।

यूं फूलो से चमन भरा है फिर भी जाने क्यों
मत पूछो क्यों इसी फूल पर मन आया है ।।

कहा फूल ने सब अच्छा था जादू एक हुआ
तेरे छूते ही सचमुच मे यौवन आया है ।।

वन उपवन तो कयी मिले है लेकिन फिर भी
साथ अगर राधा हो तो वृन्दावन आया है ।।

हमने देखा है जग सारा घाट घाट घूमे
पहली बार घाट गंगा का पावन आया है ।।

गीत

दुआ किसी की पाना सीखो ।।
काम किसी के आना सीखो ।।

महफिल हो या हो तन्हाई
गीत गजल को गाना सीखो ।।

बेईमानी को मारो ठोकर
मेहनत से कमाना सीखो ।।

बैठो मत बस एक ठौर पर
इधर उधर घुमाना सीखो ।।

गर्दन मे कुछ दृढता लाओ
ऊपर हाथ उठाना सीखो ।।

मत ढूढो हर बार आसरा
बादल बनकर छाना सीखो ।।

गीत

मै सूरज तो नही पर देकर ताप चला जाऊगा ।।
एक दिन याद रखना चुपचाप चला जाऊगा ।।

तुमने समझा मुझे इक बूंद या सागर कोई
देखते ही देखते बनकर भाप चला जाऊगा ।।

छाह देखी तो रुक गया हूं दो पल के लिये
मत हो परेशां इतना मै अपने आप चला जाऊगा ।।

फैला दूं सुरभि अपनी ये रूप तो मिट जायेगा
बाँट दूं खुशियाँ हर लूं हर संताप चला जाऊगा ।।

आदमी है मेरा ईश्वर कुछ देर कर लूं सेवा पूजा
मै नहीं करता कोई तीर्थ और जाप चला जाऊगा ।।

कोई गुजरा था इधर से यह अहसास तो हो
आती रहेगी याद यह पदचाप चला जाऊगा ।।

गीत

बुरी बात को याद करो ना ।।
जीवन मे अवसाद करो ना ।।

सोच समझ कदम उठाऔ
पछतावा फिर बाद करो ना ।।

घडा पाप का सबका भरता
इतना भी सैय्याद करो ना ।।

पंख काटकर फिर पंछी को
पिंजरे से आजाद करो ना ।।

अच्छाई को करो विसर्जित
एक जगह आबाद करो ना ।।

बीज बनेगा वृक्ष बडा फिर
दुर्गुण को बरबाद करो ना ।।

गीत

लोग जब भी सच जानेगे ।।

मंजिल झट मिल जायेगी
चलने की जब भी ठानेगे ।।

संग सीप के मिलेगे मोती
गहराई मे जब गोता मारेगे ।।

होगे तब अधिकार हमारे
जब हाथ उठा मुठ्ठी तानेगे ।।

अनुभव की गली नहीं है
आयेगा जब जग छानेगे ।।

वस्त्र और चेहरा धोखा है
मन कर्म से पहचानेगे ।।

www.ingramcontent.com/pod-product-compliance
Lightning Source LLC
LaVergne TN
LVHW060259051026
849517LV00003B/879